Como Siempre

Escrito por
Anne M. Perry

Ilustrado por
Tammie Lyon

Children's Press®
Una división de Scholastic Inc.
Nueva York • Toronto • Londres • Auckland • Sydney
Ciudad de México • Nueva Delhi • Hong Kong
Danbury, Connecticut

Para Sarah, cuyos padres la quieren mucho.
—A.M.P.

Para Linda. ¡Gracias por ser tan buena amiga!
—T.L.

Consultora

Eileen Robinson
Especialista en lectura

Información de Publicación de la Biblioteca del Congreso de los EE. UU.

Perry, Anne, 1943–
  [Just like always. Spanish]
  Como siempre / escrito por Anne M. Perry; ilustrado por Tammie Lyon.
    p. cm. – (A Rookie reader español)
  Summary: A girl finds that most things in her life remain the same after her
parents' divorce.
    ISBN-10: 0-516-25313-1 (lib. bdg.)   0-516-26839-2 (pbk.)
    ISBN-13: 978-0-516-25313-8 (lib. bdg.)   978-0-516-26839-2 (pbk.)
    [1. Divorce–Fiction. 2. Spanish language materials.] I. Lyon, Tammie, ill. II. Title.
III. Series.
    PZ73.P483   2006
    [E]–dc22   2005028212

Mamá y papá me quieren,
como siempre.

Mamá vive aquí.

Papá vive aquí.

Mamá me da abrazos y besos.

Papá también.

Visito a abuela y a abuelo.

También visito a Nana.

Algunas cosas son diferentes.
Mamá y yo vivimos juntas
durante la semana.

Yo visito a papá el fin de semana.

A veces, los ayudo a trabajar.

Vamos de compras

y cocinamos.

Mamá y yo paseamos.

Papá y yo pescamos.

Nos gusta leer.

Mamá y yo trabajamos en el huerto.

Papá me lleva al juego de béisbol.

Mamá va de campismo.

23

Papá es entrenador de fútbol.
Mamá va a verme jugar.

25

Mamá me lleva a clases de baile.

Papá va a verme bailar.

Juntos visitan a mi
maestra en la escuela.

Están orgullosos de mí.

Me quieren mucho.

Como siempre.

Lista de palabras (69 palabras)

a	cocinamos	fin	me	también
abrazos	como	fútbol	mi	trabajamo
abuela	compras	gusta	mí	trabajar
abuelo	cosas	huerto	mucho	va
al	da	juego	Nana	vamos
algunas	de	jugar	nos	veces
aquí	diferentes	juntas	orgullosos	verme
ayudo	durante	juntos	papá	visitan
bailar	el	la	paseamos	visito
baile	en	leer	pescamos	vive
béisbol	entrenador	lleva	quieren	vivimos
besos	es	los	semana	y
campismo	escuela	maestra	siempre	yo
clases	están	mamá	son	

Acerca de la autora

La Dr. Anne M. Perry vive cerca de College Station, Texas. Durante 35 años, ha enseñado a niños desde kindergarten hasta octavo grado, y también en la universidad. Se retiró en el 2001 para dedicarse a escribir. Ella y su esposo Frank disfrutan fotografiar, escribir, pescar, ir a la iglesia y montar en motocicleta. Tienen dos hijos adultos y seis nietos, a los que quieren mucho.

Acerca de la ilustradora

Tammie Lyon ha ilustrado muchos libros para niños, incluyendo un título escogido por la American Booksellers Association Pick of the Lists. Vive en Cincinnati, Ohio, con su esposo Lee y sus perros Moe y Gus.